생각 휘갑치기

KB140427

사임당 시인선 28
생각 휘갑치기
© 2024 석수현

초판인쇄 | 2024년 8월 25일
초판발행 | 2024년 8월 30일

지 은 이 | 석수현
펴 낸 이 | 배재경
펴 낸 곳 | 도서출판 작가마을
등   록 | 제 2002-000012호
주   소 | 부산시 중구 대청로 141번길 3, 501호(다온빌딩)
         서울시 도봉구 도당로 82(방학1동, 방학사진관 3층)
         T. 051)248-4145, 2598   F. 051)248-0723   E. seepoet@hanmail.net

ISBN 979-11-5606-264-6   03810   정가 11,000원

사임당 시인선 28

생각 휘갑치기

석수현 시집

도서출판
작가마을

먼지 한 톨로 우주 중심에 서보니 편도는 없었다. 가장 쉽게 배울 수 있는 현장에는 뜨지 않은 별이 있어 눈여겨 살펴보니 우체통이었다. 그 안에서 환한 숨소리가 뭉클뭉클 뜀박질하는 꿈을 심었다. 타인을 거를 수 있는 건 없고 오직 스스로 잡는 법에만 몰두하다 순리의 경전 앞에 서니, 한없이 남루한 자신을 숨기고 싶었다. 그런 나에게 연애편지 같은 꿈을 주고 그 꿈을 키워 영근 열매를 달아 준 초보자들. 심상 바느질로 사유를 휘갑친 문장마다 뒤늦은 진심을 담아 당신들께 전해 보니 미숙한 전달이 부끄럽기까지

2024년 가을 초입

석수현

석수현 시집　　생각 휘갑치기

차례

석수현 시집　생각 휘갑치기

생각 휘갑치기 · 석수현

1부

커튼콜

광야보다 넓은 운전석에선 단막극이 벌어진다. 손님
들로 북적이는 장터처럼 핸들을 놓으면 죽을세라 달
라붙은 제스처, 엄마 치맛자락 붙잡고 보채는 아이 같
다. 정신줄 놓고 오들오들 떠는 헐벗은 배우의 무대처
럼 무대 뒤에서 실속 없이 겁에 질린 자가운전자. 무
대 조명 아래 어깨 당당하게 폈더라면 어미 닭이 병아
리 배 채워주듯 길이 환할 텐데, 객석 빈자리마다 허
기를 삽질하다 침침해진 오감에 귀띔해주는 대사를
놓칠수록 핸들에 매달린 하늘이 얼어붙는다 커튼콜은
열릴 수 있을까?

개구리의 눈

툭, 던진 한마디에
온갖 기억들이 주렁주렁 피어나온다

이건 이래서 안 되고
저것도 저래서 안 되는 말들

다그치는 안전에
주눅 든 심장이 후들후들 떨린다
삐딱한 길로만 걷다 보니 갈팡질팡
도대체 주인이 누군지

안 보일 때 일내고
못 볼 때 사고 일으키고
안 볼 때 만나는 금 간 심장
헝클어진 숲 같다

물 위로 스멀스멀 기는 뱀은
고요한 눈길 마주칠 때
맹독으로부터 생명을 지킬 수 있듯

핸들 잡은 눈길이 사방 펄럭이면
사고와 맞닥뜨리기 쉽고
청개구리처럼 한눈팔지 않을 때
안전운전은 따놓은 당상

그늘 한 채

집이 싫어 외출이 잦다
옆에 떨어진 유행 지난 철학

방구석 판사라 관심 밖인 초보들을
핸들 앞섶에 앉혀보면
근심 덩어리로 달라붙는다

나비 곡선 같은 날갯짓 비밀들
통제할 수 없는 소우주 한 채
무한한 그늘로 어우러진 도돌이표 같다

맑은 안경과 청진기로
눈 문 귀 문 앞에 다시 서보니
체 치 혀로 되새김질하는
유아독존 이기심들
희뿌연 눈으로 쌍심지 켜는 초보들 덕분에
외출 잦은 내 사유를 초대한다

기둥 허술한 그늘 한 채

초보 때만큼 통제할 수 없는 무신경이다
지휘봉 끄트머리에 올라앉은
인지 심리 자율기기

그늘에 숨어 지내다가
핸들 처음 잡는 초보 때만 나타나
명언 하나 물어다 놓았다

나와 대면할 기회는 딱 한 번
핸들에 매달릴 때뿐이라고

자세사전

구천을 떠돌던 맨몸 사전을
어찌하면 좋겠소

쫑알쫑알 잔소리 같지만
모사품 없는 중계방송이오

비위 맞춰줄 수 없소
무엇이 중한지 몰라서
맞는 사람 안 맞는 사람만 나뉠 뿐
찰떡궁합도 원하지 마시오
나와 나
사이가 안 좋아서
운전석과 사이도 안 좋네요

그러나
자존감은 무너뜨리기 싫소
단지, 구부정한 자세의 체온만 외울 뿐

공식에도 역설이 있다는데

경맥을 확 뚫어줄 자세사전을

아직 열람하지 못해서

어부바

위험을 느끼면
천문을 걸어 잠그는 본성

오 개월 둥이를
하늘로 풀쩍 던졌다 받는 순간
장난인 줄 알고 깔깔거리는 눈웃음은
어디서 생길까?

엄마 등에 찰싹 달라붙으면
환하게 피어오르는 눈동자
사뿐, 거닐어본다

첫 운전대를 잡는 순간
아기로 돌아가면
후들거리는 두려움에도
비싸게 앉혀 놓은 강사에게
어부바 해볼 생각 없어
애꿎은 길만 흔들고 있다

엄지 척

빈 깡통이 나뒹군다

280일 동안 살던 엄마 뱃속에서
세상 밖으로 구경나온 아기
낯설고 불안한 울음소리 쩌렁쩌렁

우는 아이 달래려고 했던 말
앵무새는 태엽처럼 감고 풀고 감는다
쓰디쓴 침 말라붙은 목젖이
아우성이다

퍼 먹이면 될 줄 알았던 포도청
어둠으로 꾹꾹 눌러봐도
배배 꼬인 심사
꼬드기고 꼬드겨본들 제자리

내 말이 엄지 척이란 걸
알아듣고 찾아주니
빈 깡통도 제자리를 갖는다

영감의 수신 탑

잘 통해야 해

눈이 냉소하고
비탄의 얼음은 덮이고
모험심조차 바싹 얼어붙은
초보들이여

두려움이 밀봉한 몸의 매듭
풀어낼 능력 없어 찾아왔건만

나만 아는 노래

하늘이 내려준 탐구심
사람들은 느낌을 무덤으로 삼았으나
배곯고 허기진 삽질로
옹이가 된 손
마디로부터 힘을 빼며 듣는다

감전되지 않는 주파수 곧추세우고

술잔처럼 오가며 젖어오는 날갯짓

낚아챈 절창

끈질기게 열어둔 덕분에 기어이 벙글더라

자기장끼리

밀어냈다 밀려오는 텔레파시에

길 터인 촉감들 나풀나풀

목숨을 담보한 정글

몸이 하는 말이다

철을 녹여 만든 신발에
대자연이 낳은 소우주를 앉혀보니
희귀한 기기는
도통 기가 열리지 않는다

사용법이 막힌 터널을 돌아 돌아
제자리로 돌아오자
알아보고 듣는 귀가 열렸을까

태어난 자리 붙든 채 늙어가는 식물은
기후변화에 더디지만
빛의 속도로 빠른 동물성은
명줄 내맡긴 차에서
정글 메시지를 텔레파시로 알아챈다

튀어나오는 차만 보이면
심장은 말벌에 쏘인 듯 아려오고

모질게 찌르고 찔린 비명이 들릴 때마다
따가운 눈총으로 모진 말을 던진다

폭설 같은 환경에 푹 젖으면
초보 의지로는 일어서기 어려우니
차분한 호흡으로 기다려 보라고

배고픈 가치

분신 속에 여전히 갇혀 있다

아디다스 신발이 인기 좋듯이
초보들이 신을 자동차도 인기 있지만
진정한 운전자의 운전자는 눈동자
눈언저리에서 서슬 퍼렇게 굴러다니니

떠도는 구름이어도 신발이 없을까?

기억은 없을지언정
먼저, 보고 알아차리는
무한한 능력을 품고도
끄집어낼 줄 모르는 초보
심지가 돌돌 말려 있다

초보라면 그렇게 그렇게 배워가는 거지

한동안 가치를 몰랐던 어리석음에
늘어놓던 변명을 푸대접하던

배고픈 의자

채워야 할 마음인 걸

엇박자

양푼이처럼 쪼그라든 몸

밀어붙이는
기기묘묘한 엇박에
덩어리로 뭉쳐진 저 몸짓들
낭패다

부들부들 매달린 양손
하나로 엉기니
주고받을 연결고리 끊어져

주인 찾아 나선 한쪽이
마중물처럼 기다릴 또 하나의 길
들숨 날숨이 울퉁불퉁 엇갈린다

잔잔한 호흡 인도할
한 두어 마디쯤은
뭐로 정할까

붙들리는 것들

밀어붙이는 도량보다

굳세게 합격만

자신을 앉히는 의자에만 붙들려

베일에 가려져 있고

쇠붙이 신발만 가치 높일 뿐

어리석음에 붙들려 즐겁다

물러앉기

버선이 묻는다

바싹 당겨 앉고 싶니?
왜 그렇게 앉고 싶은데?

야무지게 붙잡으면
잘 배워질 것 같아서

피식 웃던 버선이

헐렁하면 좀 좋아
너 좋고 나 좋고

젖 먹던 힘까지 당겨 앉으니
브레이크도 부담스러워
술 취한 사람처럼 구시렁구시렁

너에게 힘주어 기댄다면 어떨 것 같아
잠시도 못 견디고 성질부릴 걸

느슨하게 띄워 앉으면 애틋할 텐데
서로 마주 볼 수 있어 애틋할 텐데
바싹 다가앉으니
경직된 숨소리 기어오를 수밖에

온갖 감각이
한 덩이로 뭉쳐진 첩첩산중
비포장길로 달리다 달리다
울퉁불퉁 들숨 날숨 못 견디는 버선이
제발!
가볍고 부드럽게 애원하는 발가락

병 주고 약 주고

조잘대는 앵무새

첫걸음 떼는 순간부터
달라붙는 습관
한 뼘 거리도 못가
폭주하는 말

터줏대감처럼 신선한 길 가로막으니
묵은 서랍 속에 배배 꼬인 심사
들이키기 어려울 때마다
당황과 황당이 넘나든다.

소망 담은 핸들이
몸으로 배우는 게 어렵다고
댓바람 속에 눈사람같이 얼어붙는다

주인님만 섬기는 진돗개처럼
불변의 처방전은 깊은 생각이다

레이저

묵언 서랍 속의 잠꼬대

잃어버린 길에 자욱한 안개꽃
낱낱이 들춰볼 생각 없으니

살갑지도 않은 발목에
채워진 그림자
쇠고랑처럼 죄어오는
침묵의 소리

가늘디가는 소통 길에
풀풀 날리는 마음 한 채
정공법 모르는 불안이
난시로 파동 치는

흐린 초점
사이사이 파고드는 주파수
빛이 먼 곳에 안착할 때까지

생각 휘갑치기 ● 석수현

2부

요지부동

기억 단층들 흩어져 허접하다
눈길 한번 팔 때 사시 되고
혼비백산한 머리 하얘져
자갈길 걷는 호흡에 등 떠밀린다

주인 없는 말소리에 시달리다
잠이 덜 깬 초보들
보고 들으면 쉬운 길인데
호기심 발동에 슬쩍 끼어들어 본 동공
넝쿨 엉킨 피사체 훔쳐보니
행로를 어지럽히는 진공에 빨려든다

새로운 것을 받아들이려면
한 계단씩 차분히

생각 휘갑치기

감정마다 실어 나르는 표정
눈대중으로 재단하려니
정답 없는 메아리가
풀린 올 물고 되돌아간다

겉감 안감 바느질하다
밟힌 감정 박음질로 꿰매니
앞 품은 좁고 등 품이 넓다

동공에 발 뻗은
번잡스러운 솔기마다
앞뒤 헷갈리는 박음질

맞지 않은 옷 입히려다 퇴박이면
편치 않은 속내로
덥석덥석 뱉는 말버릇 허투루 자르다
힐끔 훔쳐보는 순간 읽힌 문장

"제발, 안 맞으니 싫다고 하지 말라니까"

〉

생각마다 품이 뒤틀려

꼭 맞는 옷 지어보려고

눈 바늘로 휘갑치다

상침으로 찔러보는 심상 바느질

앵무새

안개꽃에 숨어 내뱉는 말

자신감이야 넘쳤지
그런데, 막상 앉아 보니
머리 따로 손발 따로
바보가 따로 없다
눈동자만 끔뻑끔뻑

길바닥에 엎드린 차선들이
눈 속으로 들이닥치는 찰나
오싹, 겁에 질린 돌덩이가 되는 몸들

앞서 튀어나오는 생각들
긴장선에 걸려 넘어지면
퍼뜩 지워내라고

눈빛 가득 덮친 백내장처럼
핸들에 매달려 휘청거리면
쓴소리 쏟아지지만

〉

횃대에 앉은 앵무새가
저 혼자 부는 휘파람
핸들에서 눈길 멀어져야 한다고

자아 의자 펼쳐준 밀양학원

첨벙 저수지에 내려앉은 대숲 그림자
햇살에 자지러진다
덩치 큰 소나무와
덕곡 저수지 지킴이로 모자라는지
야산 깎아내린 평평한 대지
전선 케이블에 매달린 씨동무들로 조립된 신발들
무수하게 널브러져 있다

찾아오는 초보마다 하나같은 생각들
핸들 붙잡고 미끄러지고 싶은 걸까
눈이 낚아챈 차에 도르르 말린 뿔테안경으로
차선 끼워 맞추느라 핸들 맵차게 동여매고
펌프질로 진땀 빼는 몸놀림들
생각은 어리고 힘만 세다

기습 검문으로 넘어뜨릴 정공법 절박하여
아웅다웅 고집을 들볶는다
눈을 마주하며 물어도 배운 적 없으니
우문현답 할 수밖에

〉

운전석을 자아 의자로 비워두고
두 팔 벌려 기다리는 밀양자동차학원

수리공

구독하기 바쁜 마음
고치기란 여간 어렵지 않다

대숲에 내려앉은 두려움이
자물통으로 채워버린 온갖 마음들
청사초롱 걸어둔들
환해지지 않는 핸들과 브레이크

사이드미러에 나타났다 사라지는 그림자
한 방향으로 기운 가자미 곁눈으로 살피는데
뒷골 뒷덜미 낚아채는 순간
대숲 엎어지듯
댓잎으로 뎅겅뎅겅 톱질 당한다

핸들 수리공이
찰진 다듬이질로 무두질 끝내면
닫힌 귀, 눈
옹골찬 문이 열린다
어디서든 누르고 싶은

좋아요,
좋아요,

수리공 마음 받들고 싶어
와르르 몰려오는
바쁜 마음

정원사

이벤트로 흘러나오는 음향 스피커와
다양한 벨 소리에 휘청거린다
줄줄 흐르는 설명도 모자라는지
자막까지 보태 흐르는 TV
생각할 틈을 주지 않는다
타성에 젖은 몸이 먼저 설치는 초보들
신나게 달리고 싶어 잡아본 핸들은
엇박자에 시달릴 때
하루살이 떼처럼 와르르 몰려오는
신호등과 차선
물어뜯긴 귓바퀴 부풀어 오르고
살얼음판에 걸터앉은 실눈으로
감각 봉오리를 피우는 정원사
거름 주며 갈고 닦는다
바람 찾아 돛 올리는 안전운전은
길 위의 항해다

손거울

운전석에 앉은 초보 학생마다
손거울 하나씩 들고 있다

춥고 배고프다며 보듬어 달라는 정겨운 거울
상처 난 곳에 약 발라 달라는 연고 거울
잔소리 없어도 시간 가면 잘 된다는 초월 거울
무서워서 설명도 싫으니 끝내라는 나약한 거울
이해 잘 되는 처방 약 콕 찍어 달라는 족집게 거울
기능학습은 지식도 필요 없다는 자존 거울
체질이 거부하는 심술 거울

학생들이 들고 있는 손거울에
콤플렉스가 얼비친다
퍼소나를 펼쳐 보여주는 거울 갤러리

외투

혼자 달리기 힘들어 너를 원했을 뿐
몸에 걸쳐진 외투에 불과한 나를
섬기려 들다니

겉껍질에 관심이 많으니
비뚤비뚤 달릴 수밖에

먼저 벗겨낼 껍질은 나의 로고
그다음은 손발
기기묘묘한 생체리듬의 하모니
뿌리의 실체는 너의 눈동자다

넉넉한 마음으로 살펴보면
나를 벗어낼 때는
입었던 옷을 벗은 격이고
나를 잡을 때는 나를 걸친 것이지

맞잖아!
나에게 관심 두지 말고

생각이 조작하는 네 생각을 붙잡고
달려보면 어떨까

마중물

밀봉한 주먹들
매듭 풀리자
울부짖는 초보들의 하소연

질서 없이 어지럽히는 하단부 초석들
가지런히 채우느라 잔돌을 조화롭게

첫울음 찢고 나온 초보들이여
보지도 듣지도 못한
젖꼭지를 간난 아기가 헤집고 있다

되묻고 눈치 살피는 심정
두려운 차 안에서
밖을 안으로 불러들이는 마중물

거울에 얼비치는 자신을 애태운다

초보가 초보를

물설고 낯설지만
나 정도면 괜찮다고 시작한 운전 강사

초보가 초보를 이끌다니?

타인은 속여도
양심만큼은 속일 수 없다는 걸
낯선 느낌을 담배 연기로 채운 나날이
하나둘 쓰러지던

어떤 말은 눈물을 궁글리고
또 어떤 말은 어깨를 들썩이지만
위급할 땐 거친 어투들이 달려 나와
원망스럽던 시간

반나절 실습으로
가르치는 실전에 투입되어
도리 없어 배우는 초보들에게
사정사정했던 지난날이 아려온다

햇살로 입질하다

차가운 잿빛으로
속도를 트집 잡는다

혀끝에서 휘어지는 말로
초보의 허기를 채우려니 막막할 밖에

잘해보자
삐걱거리는 핸들 감길지언정
운전 씨앗 뿌리기 전
버릇 치켜들 때마다 봄 햇살로 눌러보라고
갈무리하듯이

움켜쥔 손안에 땀샘이 번들번들
출렁이는 환청이 훔쳐보다 쫓겨나기를

우물거리는 자리에
잘 익은 씨앗 궁굴리는 눈동자로
행로를 바꿀 때
유리 너머로 보이는 신호들이
아지랑이처럼 나풀나풀

고맙소

못 딱지가 앉도록 들었다. 집중하면 잘할 수 있다는
건 알아. 쥐어짜다 서투른 재주는 짜증이나 맨발로 후
~욱 차 버렸는데, 배고픈 초보들의 몸놀림이 와와 터
주는 구도 따라 달라지는 게 뭐지. 몸놀림 따라 출렁
이는 요지경 같은 심상. 어디서 배울꼬. 짧은 율시 한
편 짓듯, 이게 진품인가, 모조품인가 봄 꿈에 젖은 심
안 마중물 길어 올리면 놀랍고도 놀랍다. 콩밭으로 외
출 일삼는 초보의 자아를 불러들여야 능력자가 된다
는 말, 입이 닳도록 조잘거린 덕에 오히려 '나' 안에 또
다른 '내' 생각이 만능도구라고? 가르쳐줘서 고맙소

넘볼 수 없는 자리

잠깐!
초보들아
문제는 밖에 있는 게 아니라
너 안에 있는 것 같지 않니
엉뚱한 곳에서 찾으니
눈 뜨고 있어도 캄캄하겠지

밑져봐야 본전이니
젠장, 너는 산토끼 잡아보고
난 집토끼 한번 잡아보지 뭐
또 누가 알아
한꺼번에 두 마리 다 잡는
인생 운전까지라면 금상첨화가 될지

렌즈에 낀 이끼에 발목 잡히면
그 길에는 푸른 곰팡이가 덮칠 것이니

얼른, 조바꿈 찍고
행로 바꾸는 동시에

감이 손 내밀면 살포시 웃자
우와! 이러면 알 걸
이제야 알겠다는 자세로
파고드는 시야에 첨벙 발 담그니
입맛 돋게 하는 걸

단지, 단순 기능이라고
푸대접하는 줄로만 알았는데
대신해줄 수 없는 내 자리라는 걸
알아채고 말았네

면허증

소곤거리는 기사 껴입고
한 뼘씩 찰박찰박 햇살로 입질하다
좋은 시대와 만난 인연이다

성공은 노력으로
밀어 올리는 줄 알았는데
하모니 아니면 모두
성공할 수 없다는 걸 알았다

영상과 텍스트가
티격태격 시대를 앞서가는 가상공간에서
서로 다툴지언정
율동이 재빠르다는 것을

1991년
면허 취득하자마자
간덩이 크게 뽑은 새 차 덕에
새 밥그릇이 기다리고 있었다

3부

초보 강사

손바닥에 고인 진땀
등줄기에 흐르는 식은땀
이마에 송골송골 맺힌 땀방울
운전대에 붙잡힌 손등으로 훔쳐내기도 어려운
초보 강사

막일을 해도 저렇게나 비지땀 흘릴까?
암흑의 몸속에서 어떤 일이 벌어지기에
저리도 고달플까?

가르치는 법을 가르쳐 주는 이 없어
학원 다니며 배우고 싶은들
배울 곳 없는 모르쇠

운전석에 앉은 저 초보의 몸이
땀샘까지 다 쏟으며
옆자리에 앉은 내게로 분명 타령하건만
도무지 알아듣지 못하는
초보 선생의 무지를 원망할 수밖에

고수의 자세

바싹 당겨 앉은 의자가
불안해보인다

힘으로 끌어당긴 핸들이 방향감각 잃으면
성급한 눈동자 눈 그늘 덮어쓰니

쓰디쓴 맛도 목덜미에 걸려
심장박동 숨죽이고
앞서거니 뒤서거니
미끄러지며 용쓰는 몸

베테랑 드라이브들은 절벽과 맞닿아도
구렁이 담 넘듯 놓치지 않는다
골든타임 놓칠세라 알아서 활용하지만
움츠린 말꼬리에 붙잡혀
했던 말 또 하는 깡마른 목소리
고수라도 배우고 찾는 이 없다

출근길 행복한데

진저리치는 심사 꾹꾹 눌러봐도
돌풍이 나를 꼬드기며 물어뜯어 보란다

불안한 의자에
앉은 몸이 용쓰는 덕분에
내게도 꽃등 밝혀볼 꿈이 생겼다

마력

노트에 천 번도 더 그려본
와이축 엑스축
응용해본 흔적 없어
허송세월만 고이 잠재우던 어느 날
갑자기 나타난 공식 하나

중심축이 운전석

흰머리에 꽂힌 꽃등에 촛불 밝히니
평정심 하나면 족한걸
정체를 알 수 없는 꼬리에 밟혀
오가도 못하는 난제

벼랑 끝에 매달린
기기묘묘한 알 수 없는 세상
냉점에서 붉어진 꽃송이 하나
발등 위로 떨어지는 소리 따라 걷다가
편두통에 시달릴 때
버선발로 걸어 나온 꽃술이

수직선에 서서 장대한 공식 하나 보여준
신비로움에 넘어지고 보니

그 자리가 중심축이란 걸

파종

거짓은 확실해

깃털처럼 뒤집히는 불안
돌아 나오는 시선이 날품 팔 때
무섬증이 눈꺼풀 덮는다
어깨 추켜세운 거북이처럼
등껍질 속으로 생각 알고리즘 숨기듯
겁에 질린 초보들

밖을 불러들이는 새벽
속내 들키는 순간 화가 치미는 초보의 심지
순간의 고요를 파종하는
성벽 넘나드는 수확은 얼마인지

부족한 씨앗으로
신속 정확 거짓에 들뜨자
아랫도리 부들부들
떨려오는 불안

어디에서도
얻을 수 없었던 정답

방금 조작했던 몸놀림부터
어서 고치라고

하나 된 정과 동

조리개 셔터가
도로와 차 사이에 있다

씹는 맛은 입이 말해주지만
걷는 맛은 눈으로 와르르 삼키니

초점 꾸벅꾸벅
더듬이 때문에 재수 더러운 날
사고로 돋친 기세
잘근잘근 씹다가 뱉어낸
침 속의 알밤 같은

잠자는 길 위로 차가 달리면
눈길이 고요할 때 잘 보이고
달리는 자동차처럼
온몸 구석구석 생각이 찾아다니는 심지를
여태 몰랐다니

쭉정이로 걸어온 시간이

머리카락 나풀거리며
껌딱지처럼 머문
동공의 블랙홀

첫걸음

핸들에 매달린 주먹들로
하나가 된 틈을
헤집는 습성이 내게 붙었다

내 안에서 피 터지는 기 싸움으로
아리다 원망하는 얼룩들
춤추며 말해주기를
핸들이 이어보라고 애원하는 닦달에
힐끔힐끔 운전자가 누군지

훔쳐보는 감정에
말초 인생은 달라지기 어렵다
눈앞에 알짱대는 몸놀림이
바람의 흔적 조물조물 주물렀더니
중풍환자가 나타나
끊어진 길을 이어주었다

사람은 고쳐 쓰는 물건이 아니라
자연스럽게 변하도록 만들어진 생이라고

지네 발 눈

힘으로 끌고 가는 옆에 서니
바들거리는 손목이 울고 있다

자루보쌈 당한 오감
원시림 같은 각질 뜯어내도

달팽이관에서 환청이 들리고
거미줄 같은 미로 막힐까

꼬인 시냅스 진저리치다
온몸으로 퍼뜨리는 지네 발처럼
숨죽인 눈길

다시 불러와
깨워본 눈동자 앞에
빼꼼 내려앉은 조리개

영감 여행

골짜기의 신비를
한겹 한겹 벗겨가는
영감 여행

어둠과 빛의 공극 때문에
레플리카* 얹힌 눈꺼풀 내려앉고

울음 베인
다섯 개의 마음눈에
들지 못한 내부 고발

가면은 벗어 던져도
밀어 올리는 싱그러운 숨소리
기어이 벙글더라

*레플리카 : 그림이나 조각 등 원작자가 손수 만든 것.

말의 힘

이순신이 배 열두 척이 남아 있다 했기에 이겼지 열두 척 밖에 없다고 했더라면 졌을 것이다. 면허취소자와 독대해 보니 택시 기사를 선택한 운전자는 미꾸라지 운전에 머물러 있고 친인척 그늘을 빌린 사람은 핸들만 잡으면 바빠지는 성품에 물음표가 자동으로 따라붙는다. 그래그래 콩이 어두컴컴한 시루를 만나 물만 먹으면 나물로 하루살이지만 흙을 만났더라면 열매를 배워갔을 텐데 말씨를 뿌리는 말솜씨는 좋은데 탁류가 흐르는 말씨는 어쩌란 말이오

자아 의자

나를 거쳐 간 인연들

숭고한 주파수 곧추세우며
운전석에 앉은 사람이 주인이라고
아무도 가르쳐주지 않아
초보마다 하나같이
핸들에 매달려 미끄러지니
눈이 먼저 낚아챈 차에
도르르 말린 뿔테안경
차선에 끼워 맞추느라 동여맨 손아귀가
맵차게 펌프질로 진땀 빼는 그믐밤
어리고 용쓰는 텔레파시

기습 검문으로 넘어뜨릴 정공법이 절박하여
아웅다웅 고추바람에 들볶인 고집들
차엔 눈이 없어
운전자 신발임이 틀림없는데
전선 케이블에 달라붙은 조립된 쇠붙이들
신발처럼 널브러진 운전학원

〉

무더기 빗장 열고 보니
초보 결함이 아니란 걸
눈 문 귀 문 열리자
황금알 같은 자아 의자 비워두고
기다리는 자동차학원

스쳐 간 인연 아니었으면
하르르 질 뻔했던
광야 의자

영웅 심리

신화나 전설은 부지기수

뭉치기는 어렵고
흩어지기는 쉬운지

허락하지 않는 마음이라도
지존님께 애원해볼까?

희열을 넘치게 하는 일터인지라
보이지 않는 밥그릇 전쟁이 뜨겁다

공부만이 영웅 대접받는데
어쩌면 좋아
하기 싫은 공부인 걸

초보들아 한 수 가르쳐 줘

밖으로는 예술이라고
안으로는 문자라니

너무 어렵네

시늉이라도 힌트는 없어

신도 흉내 내지 못하는
진심 어린 율동을 보여주잖아

가두어 두지 못해 드러내는
속은 아마추어라 그런 게 아니라

초보 때만 일제히 나타나는 영웅이
무신경 마음이라고

갈무리

다잡아보라 해도
헛것이 헛것을 기다리는 풍경

우주 언덕 한 모퉁이에 앉은
작은 집

조수석 의자의 촉수로는
기압골 서쪽까지 밝히려니
찌그러진 동공이 아우성이다

그늘부터 치우라는 궤변을
늘어놓을 때
경운기 타고 달리던
농부가 피식 웃으며
 컹
   컹

풀밭에 씨 뿌리는 사람 있어

잡풀부터 말끔히 정리해놓고
먹을 퇴비 듬뿍 넣은 다음
이랑 만들고 씨 흩뿌리지

한술에 배 불러올까
먹고 먹어야 포만감이 생기니
청결한 정신으로 기다리는 미덕이 최고다

닦달하지 마

헌 것은 버리고
새것만 구하라지만

말처럼 쉽지 않아
통하지 않을 때마다
반박이다

짧은 연습 시간은
불안으로 내몰아
서로를 열어가는 게 힘들어져

옆에서 닦달하니
혼미한 정신이 얼빠져
잘할 것도 안 된다며

정신 번쩍 들게 내버려 둬야지

4부

초보의 우듬지

멍한 눈꼬리

감춤과 드러남

손짓 발 짓은 단막 연속극

정수리에 얽히고설킨 땀방울

차려놓은 밥상머리 맛도 모르는 채

고사리 같은 손 발가락 돌덩이 같아

말초 감각은 숨바꼭질하네

상실

생각 없는 초보마다
불합격

연습했던 학생의 시무룩한 표정은
찌푸린 미간 사이로
불합격을 그리고 있다

"어젯밤까지만 해도 자신 있었는데 시험을 쳐보니
하나도 안 떠올라서 바보 같다는 생각만 들었어요 암
기했던 공부는 아무리 떠올리려고 해도 희한하게 생
각 하나 안 나서 떨어지겠다 싶을 때 점수미달로 중도
하차라니 아랫도리가 후들거려 걸음 걷기 힘드네요.
오늘따라 유난히 긴장을 많이 해서 불안은 했지만, 희
한한 경험인지라 물어보고 싶었어요, 아침까지만 해
도 암기 잘 되기에 합격을 기대했는데 도무지 이해가
안 갑니다. 생각 하나 안 떠오르는 게 정말 궁금해
서?"

단번에 합격하기를 원하는 초보들

모두의 희망에 어떻게 지도해야 합격이 쉬울까?
정답을 찾다 넌지시 건넨다

긴장을 푸세요!

핸들 느슨하게 잡은 넉넉함을 보라고
긴장은 몸의 능력을 상실하게 만드는 범인이라고

간곡한 당부

수만 장의 표정을 그려내는 얼굴
첫 만남의 인상은
눈가 주름으로
눈동자 굴림으로
눈빛으로
입가 웃음으로
입꼬리로

주고받는 경계에서
신발 끈을 단단히 묶어 보았다

일벌은 열심히 꿀만 모으면 되는데
몸 조직을 이룬 유기체는
주인 섬기는 충성심만 있으면 되는가?

무심결에 비교당하고
이래라 저래라 알려주면
핏대 세우고 발끈하는 몸짓 그림자
치미는 분노만 바라본 세월이

뛰어난 예측 능력을 돕는 걸까

핸들에 달라붙어
제발, 살려달라고 안달하다가도
급하면 소크라테스를 불러오든지
119에 전화를 걸어주던지
간곡한 당부를 몸짓 대화로 걸어오지만
알아듣지 못해서 나는,

조절의 힘

아무 말 잔치에 휘둘리니
감언이설이나 좋아해서 안타까워요

잠시지만 초점 없는 게 초보지
어디를 볼지 허둥거리는 눈길
사방팔방 펄럭이니

언제 한번 연습해본 경험도 없고
들어본 소리가 아니니 의아한 것은 당연지사

가슴에 품고 있는
검은 마음 봉지가 궁금해야지요
내 안에 누가 무슨 일을, 어떻게 벌이는지

운전이야 신발 수준이니
그것보다 당신의 존엄성에 골인해야 합니다

속도 조절
위치 조절

거리 조절
브레이크 밟는 발가락 힘 조절
손가락 핸들 감각 조절

이 모든 기능 조절을 몸이 일해주지 않으면
아무것도 할 수 없다는 것을 깨우쳐야 해요
나부끼는 감정 따위 섬기면
벼랑 아래로 떨어집니다

단풍이 더 꽃

초보들아
네가 내게 준 건
율동뿐이었다만 과연 그럴까?

어릴 때는 꽃이 더 꽃으로 보였는데
나이 먹으니 단풍이 더 꽃이더라

초록이 엽록으로 건너갈 때
이파리 뒷면 기공으로 드나들던
들숨 날숨 숨 문을 닫는다고

초록은 떠나고
남은 채색들 어울린 여러 가을 색처럼
핸들 붙잡고 아우성친 이유도 그런 거였어

불러오라 해놓고
눈 속으로 파고드는 길 위의 속울음으로
발끈, 아웃시키면
미완성의 연주곡이자 단골손님이라니까

〉

낯선 곳으로 달려가면
공의 몸이어야 한다는 것을
너희들이 깨우치게 해주었잖아

만능도구상자

먹이 주고 종소리 땡땡 쳐주고는
침 흘리는 개를 보고 조건반사라네

손아귀 힘 들어간
그 길은 길의 바깥인지라
마음 상처받기 쉽네

대지를 촉촉이 적셔주고 비를
아지랑이로 도로 가져가듯
머리끝에서 발끝까지 오고 가는 느낌이야말로
경험해보지 못했으니 재밌네

농부도 하늘이 열려야 알곡 가꾸듯
운전대를 잡으면 무의식이 열려야 하네
눈으로 보고 귀로 들은 정보에
힘 강약 조절을 일사불란하게 진행하는 몸 유기체

준비된 도구상자에서 끄집어내어 사용하면 되는 운
전

우리는 그것을 모르니 답답해서
인지 심리를 천만 번 외쳐도 과하지 않네

보고 들으면 느낌으로 얼른 결정하고
손발 척척 맞추어 조작하는 학습
자동 컨베이어 돌아가는 무신경 마음 따라
눈 밝기도 귀 맑음도
사용자 의지 따라 다르네

잘 보이고, 잘 보고, 잘 볼 때
사고 줄어 장애인도 줄까, 싶은 오지랖

붙이고 떼어보고

파도는
바람과 손을 잡을 때
출렁이지만
농부는
하늘의 도움 없이
열매를 기대하기 어렵고

피아니스트는
음반 위로 손가락이 빠르게
성큼성큼 건너뛸 때고
운전 베스트는
말랑말랑한 발가락이
가속페달 브레이크
정확한 힘 조절로 밟을 때고

브레이크 가속페달 못 찾아갈까
하나하나 쳐다보는 눈길
사방으로 흩어져
놀란 심장이 넋 잃는 독수리 타법
빨리 삭제하라고

체질 검사

뿌리가 눈에 있다

무한한 게 마음의 별자리라서
랑반데롱*으로 미끄러졌는데

해도 해도 이해가 어렵고
정신은 놀던 물에서 놀고 싶고
좀처럼 불안이 사라지지 않으면
움직이는 사물과 친화적이지 않으니

머리로 살아가야 할 이념적인 사람 같다고
한 자리에 고이 잠자는 글자 같은 물체만 보면 하품
부터
오만 살 먹구름이 거칠게 펼치자 숨 막혀오는 자는
몸으로 살아가야 한다고

엄마가 속삭여주던 귓속말로
공들여 가꿀 연장이 본인 생각만 붙들고
쭈그러든 달팽이관에 온몸으로 밀어붙이면

타고난 체질도 별수 없어

선천적으로 눈동자 깜박임 횟수가 많아
글자나 고요한 사물만 쳐다보면 편안해지고
눈의 깜박임 횟수가 적을수록
움직이는 영상 사물에 흥미롭다고

＊랑반데롱 : 방향감각을 잃고 같은 지점에서 맴도는 일.

순리의 물결 1

개켜둔 기억들 속에서 들춰낸 녀석이다

초보들과 호흡을 함께 하다 보니 가끔 자연의 섭리
한 가닥씩 날아와 귀띔해준다 선생과 학생 사이에 놓
인 신호가 통하지 않으면 내면에서 치밀어 오르는 짜
증만 부추기다 결과물을 초보마다 몸으로 보여준다

빛바랜 기억이다 선생님 설명에 처음에는 잘 따라 하
다가 콩밭으로 외출 나갔다 돌아온 생각 책 몇 쪽인
지, 어디쯤 읽는지 어리둥절한 눈알만 뎅겅뎅겅 돌아
다녀 봐도 벌겋게 달아오르는 속울음 삼키려니 무진
장 고통이었던 학창 시절을 늘어놓으면 박장대소로
고개를 끄덕이는 초보운전자들 속 시원한 즐거움에
재밌어한 인생 철학 토론장이기도

책 읽는 소리에도 전달하는 선생님 언어의 높낮이 때
문에 받아들이는 학생마다 이해력 차가 많으니 오고
가는 두 사이클 맞추기란 여간 어렵지 않네

전하는 쪽도 받아들이는 쪽도 조절만큼은 본인 몫이니 만약에 하나만 족집게로 뽑아보라면 몸 공부가 최고라고, 몸이 일하지 않으면 지구도 멈추는 것은 아닐까?

오가는 길목을 우두커니 지켜보니 연두빛 향기에 흠뻑 젖어 눈길 뗄 수가 없다

순리의 물결 2

까슬까슬한 잔기침 털어내자 고달픈 숨 가라앉히는 길에 서서

별반 다르지 않은 터전을 바라보면 교육자가 피교육 자로 자리바꿈할 때 광야보다 넓은 운전석이 나의 마음 신호

다양한 원생 중에 교사를 만나면 통하고 막힘을 알 려주는 느낌 나도 모르게 신호에 따라 움츠릴 때도 원 생에게로 빨려들 때도 있다 몸으로 주고받는 그늘을 걷어내고 싶어서 고등학교 국어 선생님에게 준비한 마음이 술술 풀려나오기를

선생님 교단에 서서 오른쪽에서부터 왼쪽까지 눈으 로 쏴 악 훑어보면 한눈에 학생들 정신 파악이 잘 되 지요?

오 우 그걸 어찌 알아요 맞아요 저 학생은 이해한다 안된다를 알지요 정말 신통이다

⟩

　궁금해요 얼마나 근무했어요 십 이년쯤이요 선생님
은요 저도 그쯤 되었는데, 나는 뭐 했나 싶어 부끄럽
네요 또요, 혹시 교과서를 줄줄 읽어가실 때 힐끔힐끔
학생들을 훔쳐보면 저 학생은 잘 듣고 있다 없다 예측
가능합니까? 그렇죠, 대부분 감이 오지요 불순한 학
생이 제일 잘 띄고, 잘 듣는 학생은 눈이 마주치고 두
리뭉실한 중간은 오락가락해요 눈빛만 봐도 감이 오
니 신기한 일들이 교실에 많아요

　나는 그렇다 치고 사람을 앉혀 놓고 꿰뚫는 눈빛은
뭐지 싶어 어리둥절합니다 그건 신체조건이 다 같기
때문이지요 사용자에 따라 다르다는 것을 깨달았고
몸 도구를 활용하는 방법에 관심이 없었는데 초보들
에게 배웠죠

　선생님, 학교 수업은 종이 위에서 잠자는 글자로 배
워간다면 움직이는 차는 몸이 일해주지 않으면 글자
든 물체이든 기대하기 어려워요 우리는 독립체니까요

〉

　학창시절 철부지였던 나는 공부를 싫어했어요 선생님과 사인이 안 맞아 애먹었죠 북받쳐 밀어 올리던 성질머리 때문에 고통스러웠어요 사람이 사람을 지도하는 자리가 만들어가는지 새록새록 괴롭힐 때를 떠올려 보면 공부란 소리만 들으면 눈 닫던 나를
　초보들에게 견주어보면 초보들의 어설픈 몸놀림에서 눈을 뗄 수가 없었지요.

　선생님, 학생 눈빛이 설명에 스며들면 소통이 되지만 눈 돌리는 학생은 각각 둘이 됩니다 앞이 막막할 때 선생님께 한번더 알려달라고 애원하고 싶은 심정입니다

순리의 물결 3

살려달라고 애원하는 초보들의 울음을 눈이 따갑도
록 보고 귀가 아프도록 듣자니 못 견딜 지경에야 알아
차렸다.

정신없어 죽을 맛이라며 제발, 소크라테스 좀 불러
오라는 아우성에 견디지 못해 불러와도 무응답이면서
도대체 뭐가 불편한지 똑바로 말해보라고 핏대 올리
지 말고 불러와도 탈 안 불러와도 탈 시원한 답이 뭔
지 들어나 보자

뭐,
　뭐,
알아듣게 숨길 탁 터지게 해달라고 그 말이 그렇게
어려워 꼬드기는 펌프질 말고
힘으로 밀어붙이지도 말고 깨 볶듯이 달달 볶지도 말
라 했지만 볶인 덕인지 간신히
열어젖힌 기초지식 식물은 느리게 반응하니 개켜두
고 동물은 빠르게 반응한다는 지식에 머리 조아린다

반응하는 속도전이 벅차다 위협을 느끼는 동물은 목
숨을 지키기 위한 보호색으로 묶여 있다 그 끈을 풀어
야 오가는 신호가 열린다는 것을 취향 따라 파동 치니
출렁이는 정보 속에서 개성과 능력의 차이로 소통이
어렵고 당기는 몸 힘이 다르고 밀어내는 힘 또한 다르
니 스위치 고정이 어려워 철문이 내려올 경우도 허다
했으니

  자연을 모르면 몸을 활용하기 어렵다 인간을 이해한
다는 건 무겁고 중요해서 선생님은 포인트를 찍어주
면 콩밭으로 도망친 학생이 돌아와도 끊어진 길이 이
어져 공부에 관심을 눈물만큼이라도 주었을지 누가
알아

  피 끓는 시기에 앉아 있다는 학생 편에 서서 살펴보
면 공부에 취미 없는 학생에게 구원의 손길이 닿기를
외쳐본다

순리의 물결 4

파블로프도 겪어보지도 못한 깨우침이 운전학원에
쌓여 있어 오소소 닭살이 돋는다
　누군가 운전에 대해 한 마디만 부탁해온다면 열 마
디는 쉬워도 한 마디는 어렵다고
　그래도 기어코 권유한다면 눈을 가리켜 마음의 창이
라고 영혼이라고도

　아는 만큼 보이고 들리는 마음이 동전 앞뒷면처럼 만
날 수 없는 인지 심리란 무신경 마음도 유일하게 딱
한 번 초보 때만 눈과 귀가 일해주는 과정을 경험해
볼 수 있다.

　의도 없이 문제들을 쏟아내고 문제를 풀어가는 과정
에 동참할 때마다 의도 없는 몸짓 날개들이 스승처럼
답을 물어다 놓는다 조작 따라 반짝이는 현장엔 별자
리처럼 촘촘한 길을 따라 걷자니 허탈하다

　이론 없는 현장에서 형상들만 나부끼는 초보들 고단
한 숨길 따라 걷자니 소중하지 않은 것 하나 없지만

진공 속에서 힌트를 얻는 호흡에 의구심이 발동한다

 들숨 따라 밀려오는 산소 날숨 따라 밀려가는 공기 순리대로 움직이는 안내자는 생각을 바꿔놓는다 성적 나쁜 것만 쳐다보고 태어날 때부터 자신 없다고 스스로 부정했으니 절름발이 인생을 면치 못한 내게 품어 주는 손길이 어우러지고

 햇빛과 눈빛은 닮고 소리는 귀하고 친구이고 공기는 순하게 드나들고 음식은 혀를 감미롭게 땅은 걸음을 둥둥 띄우고 손은 온갖 품을 올려놓는다 몸이 알려주는 느낌 운전자 찰박찰박 달라붙는다

심상 바느질의 자세
– 석수현 시집『생각 휘갑치기』읽기

배 옥 주
(시인, 문학평론가)

1. 자아 의자 건네주기

석수현은 30년 경력의 베테랑 운전 강사다. 초보운전
자의 태도를 통해 삶의 이치를 배웠다는 그녀는 운전 교
습에 생의 통찰을 녹여내는 고수다. 이번 시집『생각 휘
갑치기』는 초보운전자들과 보낸 30년의 산 경험을 녹여
낸 운전 관련 테마 시집이다. 다양한 테마 시집이 있지
만 운전 테마 시집은 극히 드문 소재의 테마다. 테마 시
는 특정 주제나 아이디어를 중심으로 해당 작품을 이해
하는 핵심 메시지를 전해준다. 시인이 전하고자 하는 중
심 테마를 통해 독자들이 공감하고 기억할 수 있는 시
세계를 만들어낼 수 있다.
테마시는 작품의 중심적인 아이디어나 메시지를 의미
하는데, 이번 석수현의 테마 시집은 초보운전자의 태도

에서 배운 심상을 다시 초보운전자에게 들려준다. 운전 강사의 경험을 초보운전자의 겉감 안감을 바느질하다 밝힌 감정(「생각 휘갑치기」) 같은 삶을 중심으로 드러낸다. 석수현에게 '운전 강사'라는 일은 삶의 터진 솔기를 꿰매는 방편이며 그녀 삶의 한 축이다. 초보운전자의 자세나 생각이 논의의 중심이 되는 독특한 시편들로 묶인 이번 시집은 석수현이 오랜 시간 공들여온 필생의 심상 바느질이다.

1903년 고종 즉위 40주년을 기념하는 A형 리무진이 들어온 이후, 자동차는 현대인에게 없어서는 안 될 필수적인 이동수단으로 진화하고 있다. 자동차와 인간의 상호 소통은 도로에서의 안전과 효율성에 중대한 영향을 미친다. 자율 주행 차량이 보편화되는 미래로 나아갈수록 인간과 기계의 소통은 더욱 중요한 요소로 자리 잡을 것이다. 운전은 기계 앞에서 무수한 일들을 종합적으로 조작·처리해야 하는 고난이의 행위이기 때문에 면허를 취득하는 일도 만만치 않다. 더구나 '자동차'라는 기계는 편리한 문명의 이기인 반면, 인명사고를 일으키는 섬뜩한 흉기가 될 수 있어서 만 18세 이상의 성년이 되어야 운전면허를 취득할 수 있도록 법으로 나이도 제한하고 있다. 고등학교를 졸업하는 시기 대다수의 학생들이 자동차학원으로 몰려가는 현상을 보면 운전면허가 현대인에게 얼마나 필요한 자격증인지 알 수 있다.

도로에는 언제든 바뀔 수 있는 복잡한 상황들이 존재

한다. 초보운전자들에게 생명과 직결된 도로 상황은 대응하기 어려운 고난도의 과제가 될 수밖에 없다. 필자 또한 초보운전자일 때 비보호 좌회전이나 대형차들 사이에 끼어 달릴 때, 터널을 지날 때나 길을 잘못 들었을 때 두려워하거나 당황한 기억이 있다. 일촉즉발의 문제들이 수시로 발생할 수 있는 상황은 운전을 시작한 지 20년을 훌쩍 넘긴 지금까지도 부담으로 다가온다. 경험이 턱없이 부족한 초보운전자에게는 빗길이나 전조등 불빛조차도 몹시 까다로운 존재가 될 수밖에 없다. 석수현의 운전 테마 시집 『생각 휘갑치기』는 자아 의자에서 고요하게 기다릴 줄 아는 정공법의 자세가 초보운전의 어려움을 극복하는 지름길이라는 사실을 알려준다.

도로에서 종종 '극한 초보'부터 '할매 왕초보' 등의 초보운전을 알리는 기발한 스티커를 발견하게 된다. 그들이 써 붙이는 문구에는 유머를 뛰어넘어 능숙한 운전자의 배려를 기대하는 의도가 담겨 있다. 인생 초보들 또한 마찬가지다. 아직 인생 경험이 부족한 미성년자들이 어른의 세계로 들어섰을 때 낯설고 복잡한 환경에 잘 적응할 수 있도록 어른들의 이해와 배려를 원하는 것이다.

석수현은 삼십 년 운전 강사 경험에서 얻은 삶의 지혜와 통찰을 노트 수십 권 분량으로 기록해두었다. 운전의 중요한 주제는 '인지 심리'와 '무시경無始經'에서 발현되는 '기다림'과 '소통'임을 알 수 있다. 운전 중 사고가 나는 가장 중요한 이유는 '보지 않아서', '못 봐서', '안 봐서'라고 강조한다. 이 세 가지는 석수현이 종종 들려

주는 안전운전의 핵심이다. 보지 않고 딴짓을 하거나 보이지 않아서 못 보거나 아예 볼 생각이 없을 때(『개구리의 눈』) 사고가 일어날 확률은 몇 배로 커진다. 졸음운전이나 핸드폰 사용으로 발생하는 교통사고는 사망률을 급격하게 증가시킨다. 이런 현상은 실제로 교통사고의 가장 큰 요인이 '전방 주시 태만'이라는 연구결과와 직접적인 연관성이 있다.

석수현의 테마 시집 『생각 휘갑치기』는 그녀가 운전을 가르치며 쌓아온 경험과 생의 경험을 적절하게 재단하고 마름질한 새로운 시 세계가 펼쳐져 있다. 그녀의 시에는 운전을 처음 배우러 온 초보운전자들의 자세를 통해 아직은 삶의 경험이 미숙한 학생들에게 스스로 앉게할 자아 의자를 건네주고 싶은(『면허증』) 간절한 소망이 들어 있다. 자아 의자는 "묵언 서랍 속의 잠꼬대처럼"(『레이저』) 초보운전자가 초심을 지키며 안전운전을 위해 꼭 필요하다. 자동차라는 기계와 도로라는 복잡한 상황을 휘갑치고 박음질하여 안전한 생을 운전하는 삶과 소통하는 연결고리가 된다. 자아 의자의 역할을 할 그녀의 시편들은 가장 가까운 곳에서 부대낀 초보운전자의 초심을 감각적인 이미지로 형상화 시키고 있다.

2. 초심 자세사전

자동차는 제2의 옷이다. 몸에 자동차라는 외투를 입히고(『외투-자동차』) 기계에 물들기 위해 심호흡을 하고 기다려야 한다. 몸이 기계의 명령에 물들어갈 때 자아를 만날 수 있다. 그때서야 몸의 생체기능이 원하는 대로 움직이게 된다. 초보운전자는 상황대처에 부족한 능력으로 잠재적 위험에 처해 있다. 하지만 운전 강사의(『어부바』) 지도와 초보운전자의 태도에 따라 적응하는 시간은 달라진다.

초보운전자의 마음 자세는 우리가 일상을 대하는 태도와 같다. 석수현은 몸의 기능을 잘 사용하는 사람이 우두머리의 자리를 지키는 능력자이면서 다방면으로 소통할 수 있다는 진실을 초보운전자로부터 배웠다고 밝히고 있다. 그녀는 운전을 가르치는 현장에서 환경 변화에 민감하게 반응하는 초보운전자들의 몸짓을 통해 숭고함을 배웠다고 고백한다. 초보운전은 생을 운용해 나가는 초심의 축약된 세계를 보여준다. 정치권이나 사회에서 발생하는 문제를 지적할 때 난폭운전이나 브레이크 고장 난 자동차에 비유하는 것도 같은 맥락이다. 초보운전에는 삶의 가장 기본적인 자세가 담겨 있기 때문이다.

석수현의 시는 오랜 운전지도 경험에서 발현되는 상황을 시적 대상에 밀착된 언어로 풀어낸다. 그녀가 시에서 제기하는 초보운전자 문제는 운전이라는 특수한 테마를 통해 모든 이들이 공감할 수 있는 생의 문제를 비유하고 있다는 특징을 가진다. 석수현의 시에서 보편적인 생의 모습을 가장 잘 드러내는 서사의 중심에는 제발 안 맞으니 싫다고 하지 말라고(「생각 휘갑치기」) 외치는 운전 강사와 잔뜩 긴장한 초보운전자가 마주하고 있다. 그녀의 시편들은 보편적 기억의 대상인 초보운전자를 통해 한 번쯤은 초보운전자였을 독자와 공감대를 형성한다.

구천을 떠돌던 맨몸 사전을
어찌하면 좋겠소

쫑알쫑알 잔소리 같지만
모사품 없는 중계방송이오

비위 맞춰줄 수 없소
무엇이 중한지 몰라서
맞는 사람 안 맞는 사람만 나뉠 뿐
찰떡궁합도 원하지 마시오
나와 나
사이가 안 좋아서
운전석과 사이도 안 좋네요

그러나
자존감은 무너뜨리기 싫소

단지, 구부정한 자세의 체온만 외울 뿐

공식에도 역설이 있다는데
경맥을 확 뚫어줄 자세사전을
아직, 열람하지 못해서

ㅡ「자세사전」 전문

　위 시는 운전을 할 때 갖춰야 할 자세를 알려준다. 몸
은 창의적인 생각 재료를 받기 위해 설치거나 덤벙대지
않고 생각회로 안으로 물이 들어가도록 찬찬히 길을 열
어야 한다. 요지경 같은 심상으로 출렁이는(「고맙소」) 몸이
적셔지게 하는 중요한 방법 중 하나는 핸들과 눈길이 멀
어진(「앵무새」) 심상으로 고르는 심호흡이다. 막힌 혈을 뚫
어줄 자세가 제대로 잡혀 있지 않은 초보자의 '맨몸사
전'은 제 자리를 찾지 못하고 "구천을 떠돌"게 된다. 구
부정한 체온으로는 의자를 아무리 바싹 당겨 앉아도(「고
수의 자세」) 운전석과 친해지기는커녕 불안만 깊어질 뿐이
다. 몸과 생각이 제각각일 때 자세사전은 아무리 들춰
봐야 제자리의 정의를 찾기 어려워진다.

툭, 던진 한마디에
온갖 기억들이 주렁주렁 피어나온다

이건 이래서 안 되고
저것도 저래서 안 되는 말들

다그치는 안전에
주눅 든 심장이 후들후들 떨린다
삐딱한 길로만 걷다 보니 갈팡질팡
도대체 주인이 누군지

안 보일 때 일내고
못 볼 때 사고 일으키고
안 볼 때 만나는 금 간 심장
헝클어진 숲 같다

물 위로 스멀스멀 기는 뱀은
고요한 눈길 마주칠 때
맹독으로부터 생명을 지킬 수 있듯

핸들 잡은 눈길이 사방 펄럭이면
사고와 맞닥뜨리기 쉽고
청개구리처럼 한눈팔지 않을 때
안전운전은 따놓은 당상

- 「개구리의 눈」 전문

  동적인 물체를 움직이려 할 때 가장 고요해져야 하는
것은 눈이다. 먹이 사냥에 나선 개구리의 눈은 정적을
유지하는 고요의 한 가운데 있듯, '운전'이라는 사냥터
에서 정적을 유지해야 할 중요한 도구는 눈이다. 물론
몸의 많은 부분이 필요하지만 그 중에서도 눈은 핵심 부

위다. 모든 이들에게 눈이나 손 같은 도구는 있다. 하지만 생각의 레시피가 달라서 몸의 생체기능을 부리는 방법이 달라진다. 몸 기능이 환경에 순종한다는 사실에 따라 차근차근 몸으로 익혀가는 것이 운전 교육의 원칙이다. 보고 듣고 판단하고 조작하는 교육의 원칙적인 순서가 뒤틀리면 문제가 발생한다. 초보운전자들은 생각보다 앞서나가는 몸의 역주행 때문에 사고를 일으키게 된다는 진리를 뱀의 맹독에 비유하는 이미지로 보여주고 있다.

초보운전자는 운전 중 새로운 사물을 만날 때 무의식적으로 불안에 잠식당한다. 생명에 위협을 느끼면 유기체적 보호색이 위협을 알리면서 난시로 파동 치는(『레이저』) 불안을 잠재우기 위해 생각을 요구한다. 이때 작동하는 보호색은 동물이 위협을 느낄 때 방어하는 기본 행위다. 초보운전자들 또한 생명에 위협을 느끼는 돌발 상황에 처했을 때 자율 신경계는 제 기능을 발휘하지 못한다. "안 보일 때 일 내고 못 볼 때 사고 일으키고 안 볼 때 만나"는 불안한 심장은 고요한 눈길의 평정심만이 다독일 수 있다. 빛의 속도로 빠른 동물성의 차에게 명줄을 맡긴 상태에서는 도로 위의 복잡하게 우거진 정글 메시지를(『목숨을 담보한 정글』) 텔레파시로 알아듣는 능력을 쌓아가야 한다.

버선이 묻는다

바싹 당겨 앉고 싶니?
왜 그렇게 앉고 싶은데?

야무지게 붙잡으면
잘 배워질 것 같아서

피식 웃던 버선이

헐렁하면 좀 좋아
너 좋고 나 좋고

젖 먹던 힘까지 당겨 앉으니
브레이크도 부담스러워
술 취한 사람처럼 구시렁구시렁

– 「물러앉기」 부분

소망 담은 핸들이
몸으로 배우는 게 어렵다고
댓바람 속에 눈사람같이 얼어붙는다

주인님만 섬기는 진돗개처럼
불변의 처방전은 깊은 생각이다

– 「병 주고 약 주고」 부분

초보운전자는 핸들과 한 몸이 되는 자세로 꼿꼿하게

긴장감을 곧추세운다. 채 한 뼘도 안 되는 거리까지 핸들 앞으로 "바싹 당겨 앉"게 된다. "야무지게 붙잡으"면 불안감을 잠재울 것 같아서 마냥 앞으로 바짝 달라붙는다. 「물러앉기」에서 화자는 버선이 되어 "헐렁하면 좀 좋"냐고 한 말씀 던진다. 긴장감은 브레이크까지 부담스럽게 만드는 경직된 숨소리를 생성할 뿐이며 온갖 감각이 딱딱한 덩이로 뭉쳐져 '첩첩산중'이 되어버리는 결과를 보여준다. 한 걸음 물러날 때 자신을 객관적으로 바라볼 수 있다. 비로소 자신이 보이고 길이 보인다는 진리는 한 뼘 물러앉는 데서 시작된다. 「병 주고 약 주고」에서는 진돗개처럼 주인만을 섬기는 것이 불변의 처방전이 된다는 것을 인식하고 있다. 앵무새처럼 되뇌이는 운전 강사의 지도를 받아들이지 못하는 태도는 "댓바람 속에 눈사람같이 얼어 붙"게 만들 뿐이라고 역설한다.

3. 무시경無始經의 평점심

석수현 시에서 만나게 되는 무시경의 세계는 시인이 운전을 가르치며 탐구한 30년 경험의 깨달음이다. 초보운전자 중심의 탐구와 그들이 보여주는 문제에서 자각한 생의 통찰이 담겨 있다. 뿐만아니라 초보운전자라는 대상에 대한 시인 나름의 인생 철학이 담긴 새로운 세계관을 보여준다. 다음 시편들에서는 무시경의 평정심에서 얻은 깨달음의 세계를 만날 수 있다.

　광야보다 넓은 운전석에선 단막극이 벌어진다. 손님
들로 북적이는 장터처럼 핸들을 놓으면 죽을세라 달라
붙은 제스처, 엄마 치맛자락 붙잡고 보채는 아이 같다.
정신줄 놓고 오들오들 떠는 헐벗은 배우의 무대처럼
무대 뒤에서 실속 없이 겁에 질린 자가운전자. 무대 조
명 아래 어깨 당당하게 폈더라면 어미 닭이 병아리 배
채워주듯 길이 환할 텐데, 객석 빈자리마다 허기를 삽
질하다 침침해진 오감에 귀띔해주는 대사를 놓칠수록
핸들에 매달린 하늘이 얼어붙는다 커튼콜은 열릴 수
있을까?

- 「커튼콜」 전문

　운전석에 앉은 초보 학생마다
　손거울 하나씩 들고 있다

　춥고 배고프다며 보듬어 달라는 정겨운 거울
　상처 난 곳에 약 발라 달라는 연고 거울
　잔소리 없어도 시간 가면 잘 된다는 초월 거울
　무서워서 설명도 싫으니 끝내라는 나약한 거울
　이해 잘 되는 처방 약 콕 찍어 달라는 족집게 거울
　기능학습은 지식도 필요 없다는 자존 거울
　체질이 거부하는 심술 거울

학생들이 들고 있는 손거울에

콤플렉스가 얼비친다

퍼소나를 펼쳐 보여주는 거울 갤러리

– 「손거울」 전문

위 시편들에서는 무시경無始經의 세계를 만날 수 있다. 무시경無始經에서 중생은 무명에 덮여 있고 번뇌에 묶여 있어서 괴로움과 즐거움을 받는다"고 말한다. 무시경의 깨달음은 조화를 깨달음으로써 얻게 되는 우로보로스의 시학과 상통한다. 이집트 투탕카멘 무덤 벽면에 새겨진 전설의 동물 우로보로스Ouroboros는 커다란 뱀이 자기 꼬리를 물고 있는 그림으로 시작과 끝이 같다는 윤회와 영원을 상징한다. 따라서 자연과 인간의 조화를 깨달아 지혜를 밝혀나가야 한다는 설법처럼, 운전 또한 사람과 차의 조화가 이루어져야 원활한 소통이 이루어진다.

운전의 행위를 단막극으로 비유한 「커튼콜」에서는 "정신줄 놓"고 떠는 "헐벗은 배우"의 무대는 실속 없이 겁에 질린 자가운전자와 같다는 사실을 드러낸다. 「손거울」에서도 운전을 배우는 사람과 운전을 가르치는 사람의 조화가 얼마나 중요한지를 보여준다. 시인은 운전강사지만 처음 운전을 배우러 온 초보운전자들에게 배운 몸짓과 생각을 각각의 시편들에서 형상화한다. 운전을 배우게 되는 초보 성년들은 하나같이 손거울을 들고 있다. 그 거울은 자아의 퍼소나를 보여주는 초보운전자들의 다양한 모습이다. 시인이 운영하는 거울 갤러리에는 정겨운 거울, 연고 거울, 초월 거울, 나약한 거울, 족집게 거울, 자존 거울, 심술 거울이 모여 있다. 초보 운전자가 들고 있는 다양한 정체성의 거울은 운전을 배울 때 필히 내려놓아야 평정심을 유지하여 안전운전에 대한 강사의 지도를 백분 수용할 수 있다.

나를 거쳐 간 인연들

숭고한 주파수 곧추세우며
운전석에 앉은 사람이 주인이라고
아무도 가르쳐주지 않아
초보마다 하나같이
핸들에 매달려 미끄러지니
눈이 먼저 낚아챈 차에
도르르 말린 뿔테안경
차선에 끼워 맞추느라 동여맨 손아귀가
맵차게 펌프질로 진땀 빼는 그믐밤
어리고 용쓰는 텔레파시

기습 검문으로 넘어뜨릴 정공법이 절박하여
아옹다옹 고추바람에 들볶인 고집들
차엔 눈이 없어
운전자 신발임이 틀림없는데
전선 케이블에 달라붙은 조립된 쇠붙이들

신발처럼 널브러진 운전학원

무더기 빗장 열고 보니
초보 결함이 아니란 걸
눈 문 귀 문 열리자
황금알 같은 자아 의자 비워두고
기다리는 자동차학원

스쳐 간 인연 아니었으면
하르르 질 뻔했던
광야 의자

─ 「자아 의자」 전문

  석수현은 이번 시집에서 '자아 의자'를 중요하게 내세
운다. 아무도 가르쳐주지 않지만 "운전석에 앉은 사람
이 주인"이라는 것은 정해진 사실이다. 하지만 초보운
전자들은 운전석에 앉으면 엄습해오는 불안감에 자신
이 앉은 의자가 자아 의자라는 사실을 인지하지 못 한
다. 하지만 자아 의자는 "황금알 같"은 의자이며 무한
대의 "광야 의자"이기도 한 것이다. 운전석에 앉은 초
보운전자가 자아 의자의 주인이 되려면 무시경의 세계
에서 고요한 눈으로 기다릴 줄 아는 평정심을 가져야
한다. 자아 의자를 통해 인간사의 조화로운 세계를 배
울 수 있다.

4. 초보운전자의 생각이 만드는 운명

석수현의 첫 시집『생각 휘갑치기』는 초보운전자가 운전을 배우는 자세와 행위를 통해 삶의 지혜를 탐구하는 독특한 소재의 테마 시집이다. 시인은 자신이 경험한 운전지도의 30여 년 경험을 토대로 초보운전자라는 시적 대상 안에 들앉아 무시경의 세계를 빚어낸다. 운전이라는 특정한 테마를 담고 있는 이번 시집은 석수현만의 테마 언어로 삶을 시작해나가는 청년들에게 진정한 자아를 마주할 수 있는 자아 의자를 건네주고자 노력한 결과물이다. 생의 초입에서부터 황혼녘까지 두루 아우르는 심연의 삶을 운전이라는 행위를 통해 풀어나가고 있다. 이 시집을 펼치는 독자들은 제각각 자신을 만날 수 있는 자아 의자에서 삶의 방향을 성찰할 수 있을 것이다.

석수현은 자기 몸이란 기능조작을 환경과 잘 어울리게 조절하는 기능을 배울 수 있는 현장은 자동차 운전학원임을 역설하고 있다. 몸이란 생체기능은 유일하게 초보 때만 무의식의 형상을 보여주는데, 그 현장의 교육을 통해 인성교육을 시도할 수 있다고 강조한다. 운전을 배울 때 신체의 균형감각은 매우 중요하므로 안과 밖이 저울질할 조절기능을 가르쳐야 사회가 평화롭게 흘러간다는 것이다.

석수현은 운전을 가르칠 때 초보운전자들에게 어떨 때 잘 보이는지를 묻고 또 물었다. 그들에게서 얻은 대

답은 심호흡을 하며 개구리 눈길로 처연하게 몸이 하는 말을 새기듯 기다릴 때(「목숨을 담보한 정글」) 잘 보인다는 사실이다. 그녀는 이번 테마 시집 『생각 휘갑치기』를 통해 서두르지 않는 눈으로 끈기 있게 기다릴 줄 알아야 생각이 쑥쑥 자란다는 진리를 밝히고 있다. 불을 켜는 전구는 전류가 없으면 켜지지 않듯, 전구인 눈동자는 전류인 생각이 없다면 바른길을 갈 수 없다. 몸과 생각이 혼연일체가 될 때 생각이 만든 행동이 습관이 되고 그 습관이 운명을 만들 수 있다. 석수현은 초보운전자들에게 배운 생의 통찰을 각 시편들에 담아 심상 바느질을 해나간다. 몸과 생각을 잇기 위한 사명감에 길고 긴 실을 꿰어 시침질을 하고 휘갑치기를 하고 박음질을 하고 홈질을 해나간다. "초보들아 한 수 가르쳐 줘(「아마추어」)" 그녀가 초보들에게 던지는 한 말씀의 울림이 한땀 한땀 촘촘하게 번져온다.